いじわる
ふしんせつ
じぶんかって
よわむし
いくじなし
チャレンジ
どりょく
ゆうき

ひみつのきもちぎんこう

ふじもとみさと・作　　田中六大・絵

ジャリーン！

「早《はや》く　しろよ！」
上《うわ》ばきから
くつに　はきかえるのに
時間《じかん》が　かかっている、
りくくんの　頭《あたま》を、ゆうたが、
コツンと　はたいたときでした。
げたばこの　上《うえ》のほうから、
ききなれない　音《おと》が　ひびいてきました。

ジャリーン！

ゆうたが　もっている、
ぶたの形《かたち》の　ちょきんばこに、
百円玉《ひゃくえんだま》を　入《い》れたときの
音《おと》と　にていますが、
もっと　おもたいものが
おちたような、ひくい　音《おと》です。

「いま　なんか　きこえた？」
ゆうたは　耳《みみ》を　すましましたが、
もう　なにも　きこえませんでした。

つぎの日《ひ》、学校《がっこう》の　図書室《としょしつ》で、
ここみちゃんが　読《よ》んでいた
本《ほん》を　おとしてしまいました。
よこを　通《とお》りかかったのに、
ゆうたは　本《ほん》を　ひろってあげず、
ぽーんと　けとばしてしまいました。
そのときです。

ジャリーン！

また、あの音《おと》が　きこえてきました。

ほんとうは　本《ほん》を
ひろってあげたかったのに、
なんで　そんなことをしたのか、
ゆうたは、　自分《じぶん》でも
ふしぎで　なりませんでした。

（きのうも　きこえた
あの音《おと》は、なんだろう？）
家《いえ》に　帰《かえ》りながら、
「ジャリーン」という　音《おと》が、
ゆうたの　頭《あたま》の中《なか》に、
ずっと　ひびいていました。

「ゆうた、手紙《てがみ》が　きてるわよー。
めずらしいわねー」
家《いえ》に　帰《かえ》ると、　お母《かあ》さんから、
一通《いっつう》の　手紙《てがみ》を　わたされました。
ふうとうの　うらを　見《み》ると、
【きもちぎんこうより】
と、プリントしてあります。

あずかっている「つうちょう」が、
いっぱいに　なりそうです。
早《はや》く　なんとか　してください。

きもちぎんこう

手紙《てがみ》の　さいごには、
「ゆうた　たんとうばんとう」
と、かいてあり、きれいな色《いろ》の
ハートを　かたどった
マークが　おしてあります。
マークの　よこには、ぎんこうの
地図《ちず》が　かいてありました。
（あした　いってみようかな）

つぎの日《ひ》、じゅぎょうが　おわると、
ゆうたは、いそいで　学校《がっこう》を　出《で》ました。

地図《ちず》のとおりに　進《すす》んでいきます。
しょうてんがいが　おわり、
いくつかの　角《かど》を　まがりました。
見《み》なれた　けしきのはずなのに、
まるで　はじめてきた
町《まち》のような　気《き》が　してきます。
だんだん　家《いえ》が　少《すく》なくなり、
みどりが　多《おお》くなってきました。

十こ目《め》の　角《かど》を　まがると、
【きもちぎんこう】
と、かかれた　かんばんが
見《み》えてきました。
「こんにちは……」
ゆうたは、おそるおそる
ドアを　あけてみました。

お母《かあ》さんに　ついていった
ぎんこうや、ゆうびんきょくのような
カウンターが　見《み》えます。
カウンターの　むこうがわでは、

いそがしそうに
女《おんな》の人《ひと》たちが、
なにか　さぎょうを
しているようでした。

「まいど、おおきに。
おまちしておりました」
へんな　かっこうをした
おじさんが、ゆうたに
声《こえ》を　かけてきました。

「きもちぎんこうで、ゆうたはんを
たんとうしている、ばんとうでおます」
「ぼくに、手紙《てがみ》を　くれた人《ひと》？」

「さようで。あなたさまの【きもちつうちょう】がそろそろ　いっぱいになってきたので、お知《し》らせいたしました」

「えっ、なにが　いっぱいになったの？」

「これですねん」

そう　いうと、ばんとうさんは、もっていたちょうめんを　ゆうたに　さしだしました。

表紙《ひょうし》には、
【てらだ　ゆうた
きもちつうちょう】
と、かいてあります。
ばんとうさんは、ゆうたの
顔《かお》を　のぞくようにしながら、
ちょうめんを　ひらきました。
ちょうめんには、黒《くろ》い　コインの

絵《え》が　かいてありました。

【いじわる】
【ふしんせつ】
【じぶんかって】

それぞれの　コインに
文字《もじ》が　かいてあります。

「数《かぞ》えてみなはれ」
ばんとうさんが　いいました。
【いじわる】と　かいてある　コインは
四十五こ、【ふしんせつ】コインは　三十こ、
【じぶんかって】コインは　二十四こ
ありました。
「なに、これ？」
ゆうたは　たずねました。

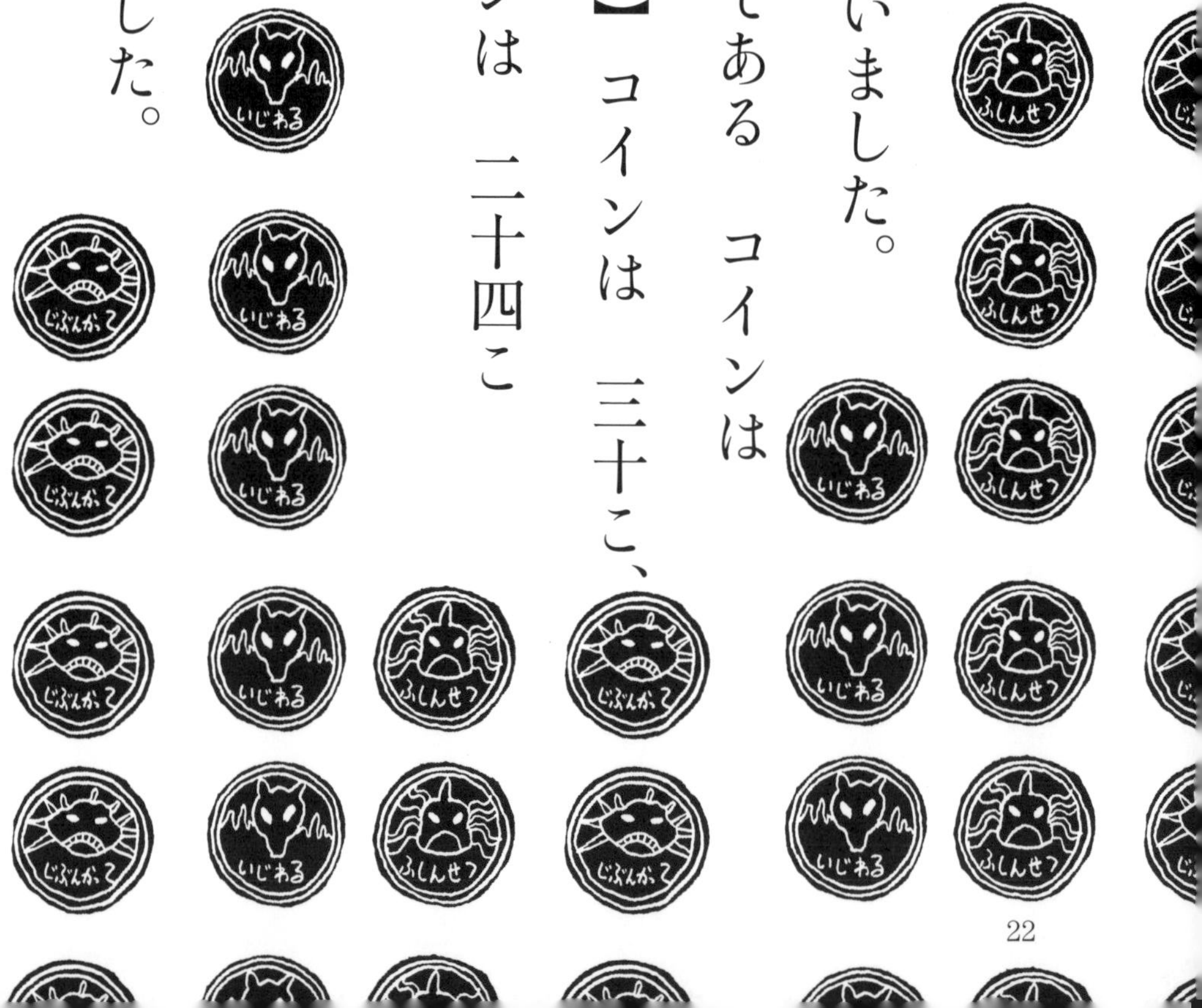

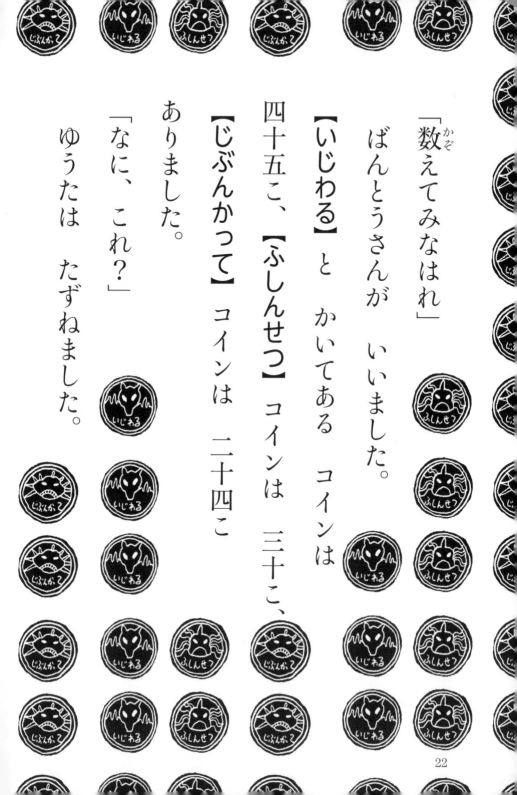

「あんたさん、きのう、りくくんに
いじわるしましたやろ？
ほんまは、あのときは、りくくんに
やさしく するはずやったんや。
そのとき、この つうちょうに
【いじわる】コインが 入《はい》ってきよった」
なにが どうなっているのか、ゆうたは
まったく わかっていないようでした。

ばんとうさんは、かまわず　つづけました。
「これは、ここみはんの　本《ほん》を
けったときの　コインや。あのときは、
しんせつに　するはずやったから、【ふしんせつ】
コインが　一まい、入《はい》ってきよった」

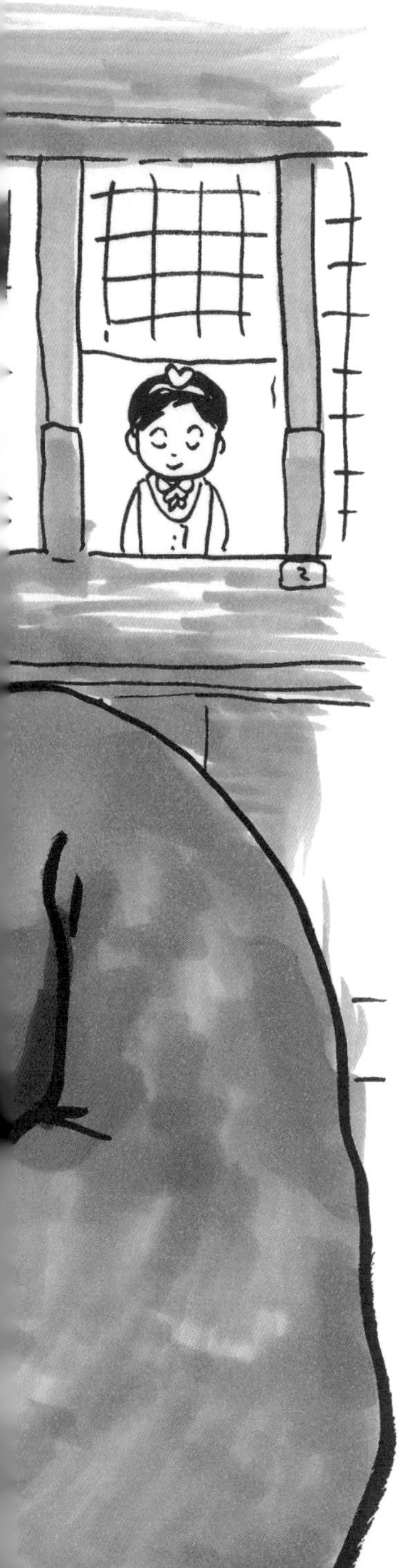

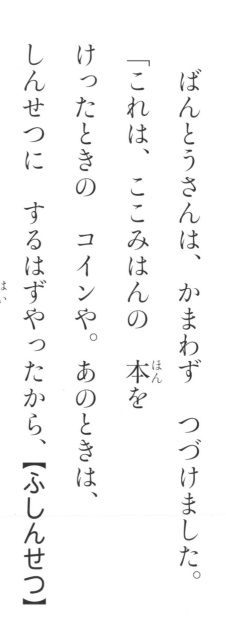

ジャリーン！

カウンターの　むこうから、

きのう、ゆうたが　きいた

音《おと》が　きこえます。

ジャリーン！
ジャリーン！
ジャリーン！

気《き》を　つけて　きいていると、
5番《ばん》、7番《ばん》、8番《ばん》の
カウンターから
同《おな》じ　音《おと》が　してきました。

チャリーン！
チャリーン！

こんどは、 1番《ばん》、 3番《ばん》の
カウンターから、べつの 音《おと》が します。
ゆうたが きいた ものよりも、
もっと かろやかで、 すんだ 音《おと》です。

「この　つうちょうは、
人《ひと》の　きもちを　あずかる
つうちょうですねん」

ばんとうさんは、「どやっ」という顔《かお》をして、つづけます。

「その人《ひと》が　ほんまに　もっているきもちと　ちがう　【うそきもち】をあずかったときは、黒《くろ》コインがたまります。ゆうたはんの　黒《くろ》コインが、この　つうちょうに　いっぱいになりそうなんで、お知《し》らせしましたのや」

「つうちょうが、黒《くろ》コインで　いっぱいに
なるゆうことは、ゆうたはんの　いい心《こころ》の中《なか》が、
そろそろ　からっぽに　なるゆうことなんです」
ばんとうさんは、えんぴつを　なめながら、
ちょうめんを　かくにんしています。
「この　つうちょうは、コイン　百《ひゃっ》こで
いっぱいに　なります。そうすると、
ゆうたはんから　いい心《こころ》が　きえます」

ばんとうさんは、いちど、
ゆうたのほうに　顔《かお》を　上《あ》げ、また
ちょうめんに、目《め》を　もどして　いいました。
「ゆうたはんの　きもちつうちょう、
黒《くろ》コインは、あと　ひとつで
まんぱいと　なります！」
「ね、ねえ。ぼくは、
どうしたら　いい……」

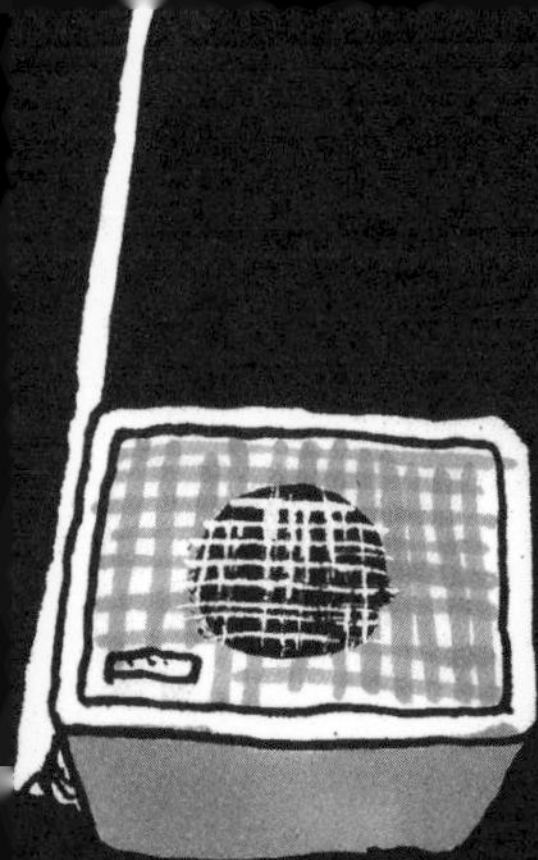

ジリジリ　ジリジリ……。
「本日《ほんじつ》の　ぎょうむは、これにて
しゅうりょういたしました」
ベルの音《おと》と　あんないの声《こえ》が
きこえると　同時《どうじ》に、ゆうたの
目《め》の前《まえ》は　まっくらになりました。

「もしも　ぼくの　いい心《こころ》が、まったく
なくなったら、ぼくは　どうなるのだろう。
すごく　いじわるな人《ひと》になって、みんな、
ぼくを　きらいになるのかな……」
そんなことを　考《かんが》えているうちに、
ゆうたは　家《いえ》に　帰《かえ》りつきました。

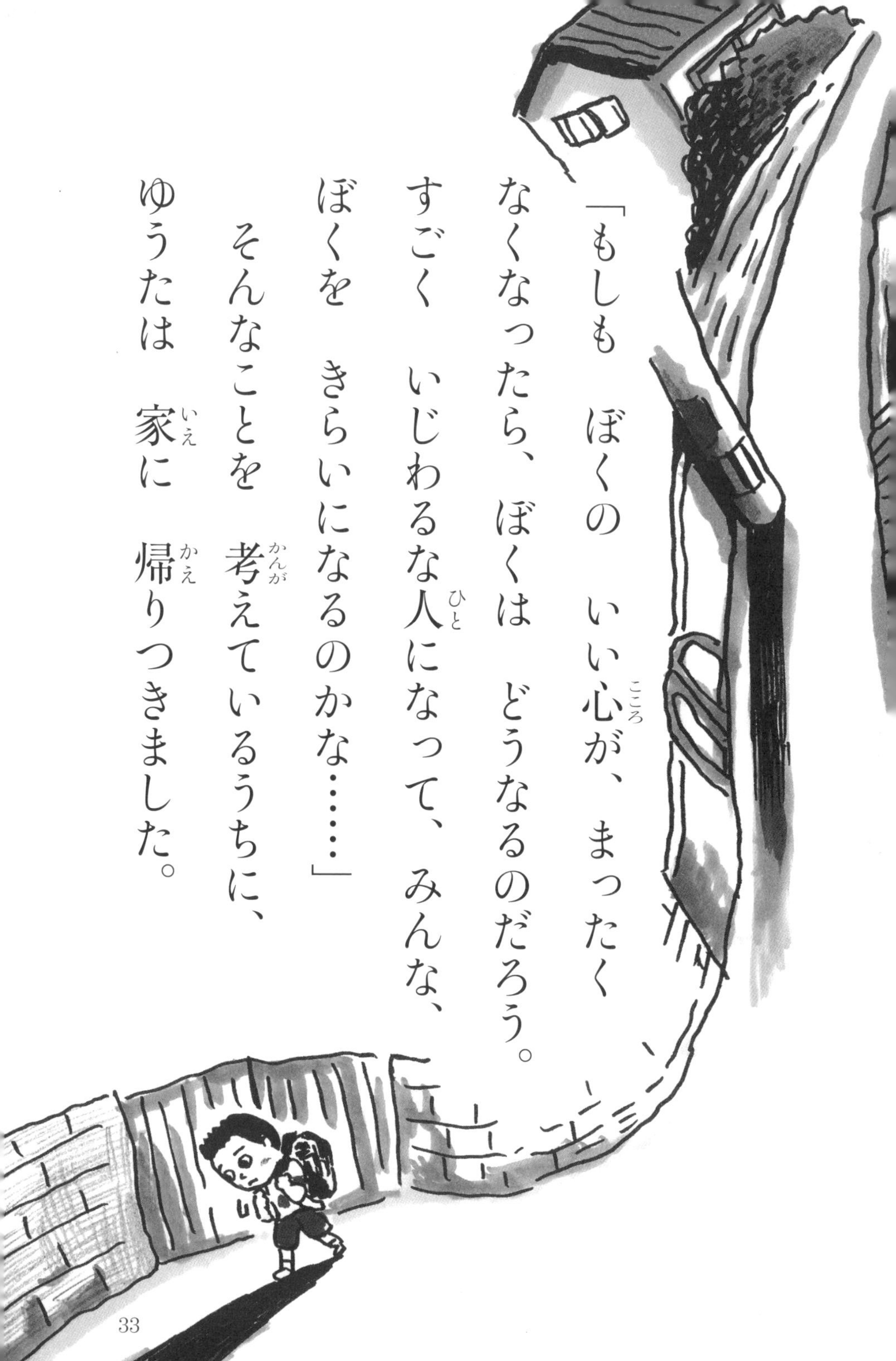

「こんな　おそくまで、
いったい　どこ　いってたの!?」
お母《かあ》さんの　声《こえ》が、
なんだか　いつもより
とげとげしく　きこえます。

（どうしたら　いいんだろう？）
ゆうたは　かなしくなって、
心《こころ》が　どんより　おもくなり、
その夜《よる》は　あまり
ねむれませんでした。

つぎの日《ひ》、じゅぎょうが　おわると、
ゆうたは　いちもくさんに
きもちぎんこうへ　むかいました。
ばんとうさんは、　ゆうたの
きもちつうちょうが、　あと　ひとつで
いっぱいになると　いっていました。
いそがなければなりません。

　しょうてんがいを　ぬけたところで、ここみちゃんに　会《あ》いました。

　ここみちゃんは、少《すこ》し　手《て》が　ふじゆうです。かたから　ななめに　かけていた　バッグから、なにかを　とりだそうとして、なかなか　できずに　こまっているようでした。早《はや》く　いかないと、きもちぎんこうの　ぎょうむが、しゅうりょうしてしまいます。

ここみちゃんは　いっしょうけんめい、
手《て》と　顔《かお》を　つかっていましたが、
こんどは　かたから　バッグが
おちてしまいました。

「だいじょうぶ？」
ゆうたが　ここみちゃんに
手《て》を　かそうと　思《おも》った
そのとき、よこから　知《し》らない
おばさんが、ここみちゃんに
声《こえ》を　かけました。
「はい、バッグ。かたに
かけてあげましょうね。

なにか　とるものが　あるのかしら？」
おばさんは、バッグの中《なか》から　さいふを
とりだして、ここみちゃんの　わきに
はさんであげました。
ゆうたは、きもちぎんこうに
むけて、かけだしました。
（なんで、どうして、ここみちゃんに
声《こえ》を　かけてあげなかったんだろう！）

きもちぎんこうに　ついたとき、
ゆうたの　顔《かお》は、なみだで
ぐしょぐしょになっていました。
そのときです。
ジャリーン！
あの音《おと》が　ひびきました。
「ゆうたはん、まいど、おおきに」
出《で》てきた　ばんとうさんに、

ゆうたは、こわくなって　なきつきました。

「いまの、いまの　音《おと》って、もしかして……」

「ああ、あれは、ここみはんの
つうちょうですねん」
ばんとうさんが、もってきて
見《み》せてくれた　ここみちゃんの
つうちょうにも、　コインが　かいてありました。
つうちょうの　左《ひだり》がわに、黒《くろ》い　コインが
かいてあるのが　見《み》えます。
よく　見《み》ると　コインには、

【いくじなし】【よわむし】

と、かいてありました。

「ほら　見《み》てみ。ここみはん、小《ちい》さいときは、
ひとりで　できることが　少《すく》なくて、
とっても　弱虫《よわむし》やったんや」

そういえば、少《すこ》し前《まえ》まで、
ここみちゃんが　出《で》かけるときは、
いつも　お母《かあ》さんと　いっしょでした。

ここみちゃんが、 ひとりで 買《か》いものを
していることに、 ゆうたは いま 気《き》づきました。
「前《まえ》は 黒《くろ》コインが いっぱいやった……」
ばんとうさんが、 なつかしそうな
目《め》をして いいました。
ここみちゃんの つうちょうには、
黒《くろ》コインの よこに、 ぎんいろの
コインの 絵《え》が、 たくさん

かいてありました。黒《くろ》コインと　ちがって
ぴかぴかに　光《ひか》って　見《み》えます。
「その　ぎんいろコインは　なに？」
ゆうたは、おそるおそる　きいてみました。

「ここみはん、いまは　ともだちも
ふえて、いろんなことに
チャレンジするようになったんや。
ここみはんの　つうちょうには、
前《まえ》と　ちがって
【チャレンジ】や
【ゆうき】や
【どりょく】の

ぎんいろコインが
入《はい》ってくるようになったんや。
ぎんいろコインは、その人《ひと》が
したい　ほんとうの　きもち。
【ほんまきもち】や。
さっきは、ちょっと　また、
弱気《よわき》になってしまったようやな……。
ひさしぶりに、黒《くろ》コインが　入《はい》ってきよった」

（ここみちゃんの　つうちょうには、
前《まえ》は、【いくじなし】とか　【よわむし】が
入《はい》っていて、　いまは　かわりに
【チャレンジ】とか　【ゆうき】とか
【どりょく】が　たまっている。
ほんとうは　したいのに、できなかったり、
ほんとうは　そう　思《おも》っているのに、
いえなかったりして、ちがう思《おも》いが

自分《じぶん》に　あると、きもちが　どんどん
黒《くろ》い　コインになって、たまっていく。
それが　「きもちつうちょう」　なんだ）

「でも　ここみはんは、黒《くろ》コインが
入《はい》っても　だいじょうぶや。ぎんいろコインの
ちょきんが　いっぱいやからな。
ぎんいろコインは、どんどん　ふえて、
ふえたぶん、黒《くろ》コインが　へっていくんやでー」
「えっ、そうなの？」
ゆうたは、きもちつうちょうの　いみが、
わかってきたような　気《き》が　しました。

――つうちょうの　黒《くろ》コインが
いっぱいになると、自分《じぶん》の　いい心《こころ》が
からっぽになる。ぎんいろコインは、
たまれば　たまるほど　ふえて、自分《じぶん》の
いい心《こころ》は　ますます　大《おお》きくなっていく。

「ぼくは、いったい　どうしたら　いいの？」
少《すこ》し　はずかしかったけど、ゆうたは、
思《おも》いきって、ばんとうさんに　きいてみました。

ばんとうさんは、　にっこり　わらうと
こう　いいました。
「あほっ。　自分《じぶん》で　考《かんが》えてみ」

つぎの朝《あさ》、学校《がっこう》へ　いく道《みち》で、
一年生《ねんせい》の　女《おんな》の子《こ》の　ぼうしが
風《かぜ》で　とばされていくのが　見《み》えました。
どうしていいか　わからず、ないている
一年生《ねんせい》の　よこを　すりぬけて、ゆうたは
ぼうしを　おいかけます。

手《て》を　のばし、
ぼうしを　つかんだ　しゅんかん。

チャリーン！

かすかに、あの音《おと》が　きこえました。
「もう　だいじょうぶ、なかないんだよ」
ゆうたは　ポケットから

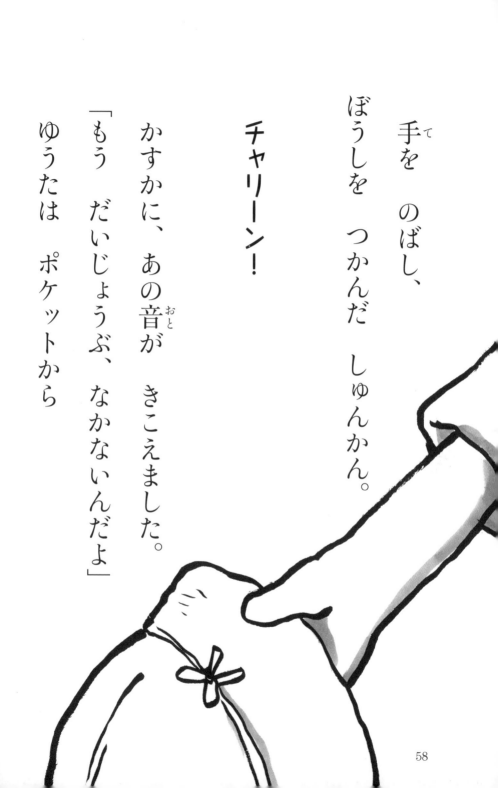

ハンカチを　出《だ》して、女《おんな》の子《こ》の
なみだを　ふいて　あげます。

チャリーン！
また　音《おと》が　しました。

少《すこ》し　いくと、道《みち》ばたに、
おばあさんが　しゃがんでいました。
「どうしたの？」
ゆうたは　思《おも》いきって　声《こえ》を　かけてみました。
「あそこの　ベンチで、休《きゅう》けいしようと
思《おも》ったんだけど、にもつが　おもくてね……。
あそこまで　いけずに　こまっているの」
「ぼくが　もってあげるよ」

右手《みぎて》に　にもつを　もって、
左手《ひだりて》は　おばあさんと　手《て》を
つないで、ゆうたは、ベンチまで
おばあさんを　つれていきました。

「ぼく、おもいのに　だいじょうぶ？」

「だいじょうぶ、だいじょうぶ」

ベンチに　ついて、おばあさんを
すわらせてあげました。

右手《みぎて》を　見《み》ると、まっ赤《か》になっています。

「あっ、ちこくだ!!

おばあちゃん、気《き》を　つけてね」

ゆうたは　いそいで
学校《がっこう》に　むかいました。
チャリーン！
チャリーン！
むねの　おくに、たくさんの
コインの　音《おと》が　ひびきました。

「ゆうた、また　ちこくか!?」
りくんが、からかってきます。
ゆうたは、思《おも》わず
「なんだよ！」
と、こぶしを　ふりあげようとしました。
8番《ばん》カウンターに　黒《くろ》コインが　入《はい》っていく
シーンが、頭《あたま》に　うかびます。

「ぼく、けんかなんか　したくないよ」
びっくりしている　りくんを　のこして、
ゆうたは、いそいで　教室《きょうしつ》に　入《はい》っていきました。

あわてて　教室《きょうしつ》に　入《はい》った　ゆうたは、
思《おも》いきり　つくえに　ぶつかり、
ころびそうに　なって　います。

「あっ、あぶない！」
いちばん　うしろに　すわっている
ここみちゃんが、声《こえ》を　上《あ》げました。
「ゆうたくん、だいじょうぶ？」
ここみちゃんが、しんぱいそうに
しています。こんなとき、いままでの
ゆうたは、はずかしくて、ぷいっと
よこを　むいていました。

「だい……じょうぶ」

ゆうたは、きょうは　少《すこ》し　ゆうきを出《だ》して、いってみました。そして、小《ちい》さく、こう　つづけました。

「ありがとう」

「よかったー」
ここみちゃんが　にっこりすると、
チャリーン、チャリーン。
二回《かい》、**チャリーン**と
きこえたような　気《き》が　しました。

家《いえ》に　帰《かえ》る　時間《じかん》だと　いうのに、
空《そら》に　みるみる　黒《くろ》い　雲《くも》が　広《ひろ》がり、
あっというまに　バケツを
ひっくりかえしたような
雨《あめ》が　ふりだしました。
学校《がっこう》を　少《すこ》し　出《で》た　ところで、
ゆうたは、ずぶぬれになっている
ここみちゃんに　会《あ》いました。

「ここみちゃん、こっち、こっち」
ゆうたは、いそいで　ここみちゃんを、
お店《みせ》の　のきしたに　よびました。

「ここみちゃん、だいじょうぶ？
かさは？」
「かさを　さすのは、うまく
できないんだ。家《いえ》まで　すぐだから、
雨《あめ》が　ふりだす前《まえ》に　帰《かえ》れちゃうかなと
思《おも》ったんだけど……。
えへへ、しっぱい、しっぱい」
「ここみちゃん、ぼく、じつは

ここみちゃんの【きもちつうちょう】が
あるところを　知《し》ってるんだよ」
ゆうたは、ここみちゃんに　思《おも》いきって
きもちぎんこうのことを
話《はな》してみました。

「ここみちゃん、ぎんいろの　コインを
ふやせば、もっと　強《つよ》い　きもちが
大《おお》きくなって、なんでも
できるようになるんだって。
ここみちゃんだって、そのほうが
べんりでしょ？　あんないしてあげるよ！」
すると、ここみちゃんからは、
びっくりするような　へんじが

かえってきました。
「ゆうたくん、ありがとう。でもね、
わたしは　このままで　いいんだ」
「えぇー、どうして？」

「だってね、みんな　すごく

やさしく　してくれるし、しんせつなんだよ。
もし　手《て》が　じゆうに　つかえていたら、
たぶん、わたしは　まわりの人《ひと》の
やさしさや　思《おも》いやりに、気《き》づくことが
できなかったなって　思《おも》うんだ」
ゆうたは、図書室《としょしつ》で、ここみちゃんに
いじわるしたことを　思《おも》いだして、
顔《かお》が　あつくなるのが　わかりました。

「それにね、ひとりで　できることも少《すく》なかったから、いろんなことをしようとしなかった。出《で》かけることも少《すく》なくて。ともだちも　いなくて。

ママに、わがまま　ばっかり　いっていた。

でも、ある日《ひ》、へんな　かっこうのおじさんが　きて、『あんたの　つうちょう、もう少《すこ》しで　いっぱいやで』って、話《はな》しかけてきたの」

（あいつ、ここみちゃんの
ところにも、きていたんだ！）

「なんか、おじさんの
へんな　いいかたが
おかしくて、楽《たの》しくなってきて。
それから　ゆうきを　出《だ》して、いろいろ
ちょうせんしてみることにしたんだ！
自分《じぶん》で　できないこともあるけど、まずは、
自分《じぶん》で　できることからしようって　思《おも》ったら、
きゅうに　きもちが　かるくなって。

どこからか　チャリーン、チャリーンって、
きこえてくるんだよ。でも　その音《おと》が
きこえるたびに、できることが
ひとつずつ、ふえていったの！」
ここみちゃんの　目《め》は、
きらきら　かがやいています。

「ゆうたくんって、　ほんとうは
やさしいんだね！」
にっこり　わらって、
ここみちゃんは　いいました。
ここみちゃんの　えがおを
見《み》ていた　ゆうたは、　なぜだか、
もっともっと、　しんせつに
してあげたいと　思《おも》いました。

チャリーン！
チャリーン！

すんだ　コインの
音《おと》が　ひびきます。

「ゆうたつうちょうは、
もう　だいじょうぶやな。
まいど、おおきにー！
さっ、おつぎは　だれの
つうちょうが、いっぱいになるやろ」
かげから、ふたりの　ようすを
見《み》ていた　ばんとうさんは、ほくほく顔《がお》で、
ぎんこうに　もどっていきました。

作者●ふじもとみさと

東京都に生まれる。雑誌記者を経てノンフィクション作家。障害者、高齢者、難病者などの多くを取材して執筆、温かい目線で書かれた文章が好評を得る。また、命の尊さ・共生社会をテーマにすえ、株式会社Mプランニングを設立し、ハンディを抱える人々のサポートに力を注いでいる。

著書に『笑顔の架け橋　佐野有美～手足のない体に生まれて～』（佼成出版社）、『しいたけブラザーズ』佐野有美との共著『歩き続けよう 手と足のない私にできること』（いずれも飛鳥新社）、『ドキュメント若年認知症　あなたならどうする』（三省堂）など。

画家●田中六大（たなか ろくだい）

東京都に生まれる。あとさき塾で絵本創作を学ぶ。

作絵の絵本に『でんせつのいきものをさがせ！』（講談社）、絵本の絵を担当した作品に『としょかんへ いこう』『いちねんせいの１年間　いちねんせいに なったから！』（いずれも講談社）『てんつくサーカス』（くもん出版）『おとぎのくにへいってきマシーン！』（チャイルド本社）、児童書の挿し絵作品に、『目の見えない子ねこ、どろっぷ』『教室の日曜日』（以上 講談社）『ともだちは うま』（WAVE 出版）『おとのさま、ひこうきにのる』（佼成出版社）漫画作品に『クッキー缶の街めぐり』（青林工藝舎）がある。

［装丁・デザイン・DTP］西山克之（ニシ工芸）
［編集］船木妙子

ひみつの
きもちぎんこう

作●ふじもとみさと　絵●田中六大

初版発行／2015年8月　第3刷発行／2016年6月
発行所／株式会社　金の星社
〒111-0056　東京都台東区小島1-4-3
電話　03-3861-1861（代）　Fax　03-3861-1507
振替　00100-0-64678
ホームページ　http://www.kinnohoshi.co.jp
印刷／広研印刷　株式会社
製本／牧製本印刷　株式会社
NDC913 ISBN978-4-323-07335-4 88P 22cm

Published by KIN-NO-HOSHI SHA, Tokyo, Japan

乱丁落丁本は、ご面倒ですが小社販売部宛にご送付ください。

送料小社負担でお取り替えいたします。

スタート